KB064773

파주기행

황금알 시인선 271

파주기행

초판발행일 | 2023년 8월 8일

지은이 | 강희근
펴낸곳 | 도서출판 황금알
펴낸이 | 金永馥
주간 | 김영탁
편집실장 | 조경숙
표지디자인 | 칼라박스
주소 | 03088 서울시 종로구 이화장2길 29-3, 104호(동숭동)
전화 | 02)2275-9171
팩스 | 02)2275-9172
이메일 | tibet21@hanmail.net
홈페이지 | http://goldegg21.com
출판등록 | 2003년 03월 26일(제300-2003-230호)

*이 책은 경남문화예술진흥원의 문화예술지원을 일부 보조 받아 발간되었
 습니다.

파주기행

강희근 시집

황금알

열여덟 번째 시집을 묶는다.
그 사이 선집은 세 권이니 통산 시집으로는
스물 한 권째가 된다.

시를 챙기다 보니
확실히 시는 내 관심 가는 곳으로 가 있다.
지독한 편견이요 선택이다.

가치가 아니라 인생적 생태일 것이다.

2023년 4월
강희근

차 례

1부

2부

3부

4부

■ 시인의 산문

1부

진주 1
― 대첩광장

천년이 몸으로 있는 도시
쉽게 건드리거나 땅을 파지 말아다오

있었던 외성이 흙에 묻혀 있는 것
어렴풋이 알면서 흙을 뜨지 말아다오

땅을 파고 흙을 뜨는 것
역사가 덩어리째 들어 올려지는 일이다
시민아, 양해해다오 내 몸은
그 자체가 금이다 시간이다

진주 2
— 유등

진주라 천릿길 노래 부를 때
진주는 몰라도 천릿길은 안다

나물 캐는 처녀 비봉산은 몰라도
물속에 들어가 사는 논개는 안다

논개는 몰라도, 촉석루 달빛 아래
의암은 안다
의암 건너 청청 사철, 푸른 대밭은 안다

진주라 천릿길 노래 부를 때
아는 것이 아무것도 없는 사람도
팔월 한가위 씨름판 백사장은 안다

일자무식 백사장은 몰라도
아 몰라도 글로벌 축제 유등, 물에 뜨는
유등은 안다

진주 3
— 남강

천년이 강으로 흐르는 도시
물이 충혼의 언어로 시를 쓰고 있다
물에서 난 안개로 그림이 되거나 솟아 있는 산
억양이 된다

진주 사람들의 시는 한 줄로 유장하다
두 줄로 들어가는 물굽이에서 서사가 된다

촉석루는 달밤에 뜬 덩치 큰 배,
시를 한 줄씩 읊을 때 그 이랑에서 흔들 흐른다

물은 흘러서 천년을 이루고
성가퀴는 흐르는 물 찍어 전설을 쓴다

아, 진주는 전설이 다리를 놓고
의기사 단청으로 석류꽃 노을이 자욱이 붉다

진주 4
— 에나*

말은 얼굴이다 도시이다
한때는 진주성이 얼굴이고 도시였다
한때는 논개가 얼굴이고 도시였다

한때는 풀잎 농민이 얼굴이고 도시였다
한때는 비단이 얼굴이고 도시였다

한때는 다락이 얼굴이고 도시였다
한때는 저울, 형평이 얼굴이고 도시였다

한때는 신문이 얼굴이고 도시였다
한때는 다리가 얼굴이고 도시였다

한때는 학교 학생이 얼굴이고 도시였다
한때는 돌아오는 긴 열차가 얼굴이고 도시였다

한때는 예술제가 얼굴이고 도시였다
한때는 도시, 혁신도시가 얼굴이고 도시였다

사랑하는 사람은
무슨 얼굴 무슨 이름으로 사랑하지 않는다

* 진주 방언: 참말 또는 참말이냐?

16

진주 5
— 진주 바라보기

서편제 배우가 어느 날 진주에 와서
진주를 바라보고 있었다

남강의 물결을 소리로 쓰다듬듯이
바라보고
인공호수 진양호를 제 숨결처럼 내려다보고
있었다

기업마을 지수에 와서
영화의 배경처럼 스치는 감각으로 골목을 돌고
이 나라 총수들의 인상을 제 탄사로
만나고 있었다

해설이 아니라 제소리의 골목을 데리고
다니며
무염한 얼굴과 화안한 장구채 두드리기로
소녀의 생활 음정 부어놓고 있었다

숲속 월아산 공간, 진주 사람도 아직 못 가본

못 가본 사람들 눈빛으로 바라보다가
그가 길을 내며 품었던 눈길 안목으로
노을에 들어갔다

한 편의 영화처럼
감독의 현장 시나리오 구상으로 바라다본 것일까
창작의 떨림 같은,
시나리오 없는 시나리오의 울림 같은,

진주 김장하

하도나 볼 것이 없는 유튜브를
보다가
〈어른 김장하〉에 눈과 귀 동시에 가 꽂혔다

이 나라에 가을이 오나 부다 하려다가
이 나라에 봄, 봄이 오려나 부다 하고 마음
고쳐먹었다

오늘은 천년 흐르는 강으로 나가
흰 바위 아래
이름과 욕망과 허세의 풀잎들 던져 넣고 오리라
세월과 나태와 포말의 풀잎들 띄워 놓고 오리라

어느 종택에 가서
— 단목리 단지종택丹池宗宅

4백 년이 삭아서 연치가 허물어졌을까
4백 년이 흘러와 본채의 서까래 중방의 허리
다 닳았을까

부질없는 걱정이다 뒤란의 대밭 더 촘촘한 언어
왼 켠의 산자락 솟아 올린 은행나무
여느 집 연보보다 더 곧은 기록,

부질없는 걱정이다
대가의 부엌 바깥쪽 마당귀에 솥단지 걸려
낙엽 쓸리고
잡초 부실한 줄기 두엇 기대고 있지만

얼마 전 대학 도서관에 기증한 공신 녹권이
오늘의 이름으로 문화재, 4백 년의 뿌리 한 줄
또는 두어줄
울 지키는 주인이 그 서사의 일지를 쓴다

아,

정치를 다 놓고 가문으로 돌아온
주인,
종택은 주인과 더불어 다시 시작하는
조선 유가의 한 필지 성채다, 또는 풍경이다!

이형기 시인 1

우산이 없는 그는
비를 맞고 비 오는 네거리
가요 한 소절 부르고 있었다

나는 그때
비 오는 네거리를 지나
삼천포로 가서
바닷가 팔포로 가서

여름 내내
비가 오지 않는 랑겔한스섬 가는 배를
탔다

그는 가섭처럼 씨익 웃었다

이형기 시인 2

가야 할 때가 언제인지 생각하는
사람들은
진주시 신안동 녹지공원으로 가서
제일 로터리 이어산이 세운 시비
〈낙화〉 앞에 선다

이승훈이 서고,
이수익도 서고,

유안진도 서고,
김이듬도 서고,

해를 바꿔 가며
'현대시'도 서고
'시사사'도 선다 시인들 다 선다

0도의 우정
— 마지막 모교 방문

동기들
서울에서, 부산에서
마산에서
차떼기로 와서

마지막
교문 들어서다

운동장에서
강당에서
또는 벤치에서
끼리끼리 추억이다

서열 다 풀린 또래들
아무나 잡고
옆구리 푹 찔러도
푹, 푹 찔린다

해탈, 0도의 우정이다

개천예술탑

덩치 있는 바위를 굴려다
세워 놓고
개, 천, 예, 술, 탑 다섯 글자
문신이듯
새겨 넣었다

저 새벽! 저 비상飛翔!
해방 공간의 리듬이라니

진주여고를 지나갈 때
— 박경리

진주여고를 지나갈 때
학칙에 따라 교복 잘 차려입은 1940년대
박경리를 떠올린다

왜 그는 단정한 교복을 벗어 개켜 들고
통영으로 가버린 것일까
그 한 해 휴학을 떠올린다

그의 진주체험
학교 서편 산자락을 끼고 재실 아래로 돌면
나오던
가매못 찰름거리던 물결을 떠올린다
한 해 한 번씩 떠오르던 익사의 전말, 누군가의
수첩에 기록되었을 공포를 떠올린다

웃음과 까르르와 비 오는 도로 가득
여학생들 몰려나가는 길목 떠올린다
박경리의 앞으로 지목해 가슴 치던 사내
앞앞이 말 못한다고 가슴 치던, 그 얼빵한

사내를 떠올린다

그의 다려 입던 교복이 소설로 바뀌고,
체험이 다리미 아래로 들어가 일렬이 될 때
1950년대, 박경리 이름 아래
〈흑백 구두의 사내〉〈미친 사내〉 사내 시리즈 두 편이
건져질 때

진주여고를 지나간다

2부

주말 2

주말이 있다면
또 이스탄불로 가고 싶다
그간에 생겨낸 그곳 한국어과 학생들 더불어
유람선들이 정박해 있는 바다로 나가 보스포루스 해협
둘러오는 승선표 한 장씩 사주고 싶다

배 안에서 대륙이 갈리고
해류가 갈리는 지점에서 고가 공무도하가를
읊어주고, 서로 어긋나는 정한을 말해주고
고려의 가시리 여덟 줄에 음표를 붙여주고 싶다

주말이 있다면
또 이스탄불의 묘역 피에로 로티 언덕에 가서
학생들이 원하는 카페에 들어가 한국문학사 전설
민담의 갈래를 풀어주고 그 어디쯤 아지야데 이야기
얽히는지 토론해 보고 싶다

주말이 있다면
보스탄즈 해변공원에 들어가 더러는 벤치에 앉고

더러는 잔디에 앉아, 세계펜 본부가 둘이나 있는*
한국의 현대시 손꼽히는 시인들 슬금 슬금 이야기해
주고 싶다

소월의 '진달래', 이상의 '오감도'와 백석의 '나와 나타
샤와
흰 당나귀' 그리고
춘수의 '부다페스트에서의 소녀의 죽음' 등등을
등등 띄우고 싶다

* 세계펜 한국본부와 망명 북한 펜센터(서울 소재)

압천과 서시*

교토의 도시샤대학 캠퍼스
나라 잃은 두 사나이의 시비가 있다

아시는가,
압천 십리벌에 해는 저물어
날이 날마다 님 보내기 목이 자졌다 여울물 소리

지금은 잔잔 들리지 않는다는 것을,

들으시는가,
잎새에 이는 바람
별이 바람에 스치우는 소리

지금은 캠퍼스 교양관 창으로 찔리듯
들어오는 햇살에 씻기여
잔잔 들리지 않는다는 것을,

붉은 벽돌 아담한 캠퍼스의 늙은 팽나무
그늘이 그늘을 물고 있다

두 사나이의 눈썹이 눈썹을 보고 있다

* 지용과 동주의 시비

이상이 마지막 술자리에서 본 여자의 단추 1

그것은 여자가 아니라 술잔이 아니라
빠안한 불빛
통로로다

최종으로 보이는 보턴이 아닌가
열려라 문,
열려라 숨,

우주 로켓의 맨 나중에 누르는
손끝의 과학
하나, 둘, 셋, 넷, 다섯, 여섯..........

이상이 마지막 술자리에서 본 여자의 단추 2

폐는 다 닳고
잔치는 끝나가더라
오감도 도면이 게워낸 술에 젖고
열세 사람 아해도 젖고
단추, 여자도 젖더라
흐린 불빛 골목이 보이더라

나의 나타샤*

슬라브족의 도시 생트 페테르부르크에서
국도로 달리는 차창에
소나무숲이 한 마장, 자작나무숲이 한 마장
그사이 먼 산이 배경으로 내리는, 눈발로 내리는

저녁 어스름
나타샤는 요정처럼 톡 톡 튀어나온다
눈처럼 눈사람처럼 가지런한 이마와 눈썹이
백야의 순혈이듯 해맑다

바람이 쉬쉬쉬 불고 국도는 바다를 끼고
긴 긴 나라 핀란드까지
한 마장 한 마장씩 속도로 숲과 숲을 손바닥 쥐듯
손바닥 펴듯 달리고 달린다

나의 나타샤는 어느샌가 바다와 음악이
춤추는
시벨리우스의 정원 나무들 사이로 안내하고
나는

흰색 한 필의 오페라 이슥한 물결에 시간 띄우며
젖는다

* 백석의 시 '나와 나타샤와 흰 당나귀'

사랑하는 이매창

우연히 촌은집村隱集을 읽다가
조선 여류 이매창을 사랑한 촌은村隱
유희경의 시를 듣는다
17세기의 시와 시가 얽히며
오동잎 떨어지는 빗소리를 내고 있다

그대의 집은 낭주에 있고
나의 집은 한양에 있는 천 리 아득한,
이화우 흩뿌리는 길

여류는 서른여덟에 죽고
사랑은 '계량에게 보내노라' 시문에서 길다

시는 영원한 것일까, 빗소리를 낸다

촌은 유희경(1545 - 1636)
매창 이계랑(1573 - 1610)

시비
— 김희준에게

20세기 통영이 21세기로 오다

언어 이후의 시, 무의미 이후의 시
행성 표류의 리얼리즘을 열고자 새시대
하늘에 띄운 연 하나,

꿈 첩첩 태몽의 연자새로 상상의 줄을
풀고 있다

생명의 경계를 넘어
오래오래,
금석의 언어로 우뚝하라 바다의 언어로
물 치고 멀리, 더 멀리 나아가라

          — 김희준(1994-2020) 시비 서는 날

김춘수의 시, 또는 인상

춘수는 3.15 마산에서
'베꼬니아의 꽃잎처럼이나'를 쓰고
경북대학으로 갔다
그로부터 꽃을 슬슬 버리고 리듬 또는 이미지
이미지 또는 리듬을 화투장 들듯이 꼬나 들고
의미의 노예가 되지 않기로 했다

그는 시의 몸무게를 다이어트로 줄이고
의미와 무의미 시론을 썼다

강단을 나오고
그가 기른 수염보다 부질없는 의원*,
그가 이룬 기법 어디에도 얹히지 않는 의원의
밤, 지나가고

이어,

유년의 바다 넙치 지지미로 그리워지는 날
이때부터 있어야 할 아내는 가고

그에게 시 '달개비꽃'
꽃말이 돌아왔다

* 정치하는 사람

스승은

돌아가시기 1년여 전
스승은 야밤 전화선으로
자네,
자네 고향 근처 지리산 발치
있지 않은가, 않은가로 귓전에 오시는 거라

한 작은 골짜기에서 흘러내린 물고랑
삼간초가 마당을 한 바퀴 돌아나가고

처마로 드리워져 흔들리는 소나무
그 잔가지 끝 솔이파리와 소올 소올
숨이나 맞추다가 아, 소올 소올 가고 싶다는 거라

알겠는가, 내 그 소망을
지리산 산새 같은 자네 알겠는가

예술원 수당 깨금나무 한 잎 만큼 손바닥에
잡히는 것 있어 내 지리산 발치
소망의 땅 한 뼘 재고 있음을 자네 알겠는가

전화선의 가늘은 소리 사소단장
한 줄처럼 머금는 밤,
스승은 먼 길 허공으로 쪽지 편지 매달아 날려 보낸
매,
매가 앉는 자리 보라 이르시며

자네 알겠는가
구름으로 떠도는 떠돌이의 숨소리
소올 소올 흐른다는 것
바람벽한 집 한 채에 실어놓고 싶은 것
알아차리겠는가,

스승은 야밤,
밤참 같은 목소리로
천릿길 귓전에 바람이듯 꿈이듯 오시는 거라

시는 시 너머에서 논다

시는 단추를 열거나 단추를 떼기도 한다
떼 놓고 바라보다가
더 큰 단추를 달고 그믐이 되기도 한다
그믐이 머금는 것은 그믐보다 더 그믐일 때이다
우리의 크리스마스는 종소리를 내지만
종소리 너머 침묵의 마을과 구름을 건너다본다
침묵은 침묵끼리 살다가 침묵의 노을을 본다
노을은 노을로 타다가 시간을 굽다가 시간을 먹는다
알피니스트는 무엇을 얻으러 오르지 않지만
얼굴이 없는 그 무엇이 되려고 한다
무엇은 그다음의 무엇에 언덕이 되고
바람이 되고 눈비가 된다
바람!
어디서 오는지 보이지 않는,
그리고 어디가 마디인지,
마디는 도마뱀처럼 늘 잘려나가고도 이름 없는
신생의 생명으로 부활한다

시는 팽이일까 돌아도 돌아도 거듭 돌기를 바라는,

아슬아슬 죽음의 곡예에서
허무하게 죽지 않고
채로써 맞으며 회생하는 놀이
맞으면서 이어가는 마조히스트의 희열,
차라리 날아라 솟아라 줄 풀기 연이다
풀고 풀어주어야 자유로운 하늘, 하늘이
다시 새 연의 벌이줄을 맨다 떠올라라
아지라운 그 너머로
떠올라라

꿈

그대는 가장 새로운 몸으로
허물어진 성터에서 논다
성터는 트로이성 같이 기층의 박물관이다
박물관은 늙어 가지만 병들지 않는 병들의 요람이다
병은 사람의 오장육부처럼 갖가지 이름으로 거듭거듭
변이를 이루지만
그것들은 변이로 새로운 일기를 쓴다

그대는 시간마다 다시 태어나고
시간끼리 미인의 옷을 경품으로 내어놓고 엑스포를
연다
그들에게도 기층이 있다. 기층은 경이요 변경이다
한때 치열했던 전쟁으로 바다와 국경과 광야가
한바탕 흐르는 개울같이 물소리를 내고 그 소리가
전설이거나 민담이 될 것이다

어느 날 그 기층에서
가장 아름다운 두개골이 발견되자 전설이 쓰러지고
민담이 쓰러지고

당당 역사가 된다. 역사는 때로 마술이다
때로는 예술이다

그대는 가장 새로운 정신으로
문갑이나 장롱 같은 데서 구겨져 산다

시가 외국어를 만나다

번역의 옷을 입는 시는 몸에서 이슬을 턴다
몸이 축축하거나
지나치게 마르거나
그럴 때 국경을 넘어가듯 시가 언어를 갈아입는다

방언이 심한 사람이 있지만 시인으로서는
허물이 아니다
옷을 갈아입을 때 몸에 맞는지, 외제의 사이즈나
무늬가 어울리는지 따져야 하는데
그 기준은 없다

에스페란토 언어가 있지만 그것도 편견이다
한쪽 부류의 자질을 기초로 한다
다만 역자여
그대 물 흐르는 개천을 알고 있겠지 그런 흐름에
그런 소리에 따라가게 이슬을 털라

시인은 스스로의 감성, 언어의 비유에 천재가 아닌가
눈에 보이는 안개, 먼지, 달, 별에도 유난히 편견이

심한 것 알고 있겠지 편견이 질서가 있는지만 바라보라

편견이 이미지의 펄럭이는 깃발을 문풍지처럼 울게 하
는지
그것이 눈물이거나 감각이거나 제 스타일인지
되풀이 짚어보라

번역의 옷을 입는 시는 몸에서 이슬을 턴다
신고 다니는 신발에 먼지를 턴다
시는 그때 비로소,
제 나라 여권 하나를 행간에 끼운다

지구, 내게 잡혔다!

튀르키예 지진의 잔해들, 아직 구겨진 채로
가슴에 쌓이고 있는
지금,

우리 아파트 오전 11시 26분
대한민국 진주시 상봉한주A 2동의
현관 바깥쪽에서
쿵 찌르르르 대포 치는 소리
전쟁지대 화계리 여덟 살 짜리 기억의 어깨를 치는 소리

매우 기분 나쁜 애매한 현장,
창 열고 내다보니 일상이다!

틀어놓은 TV 자막이 거실 길이로 흐르고 있다!
경남 진주시 서북서쪽 16km 3.0 지진

계속 계속 흐르고 있다 그때 지구가
묵언수행
위도를 돌고 있다! 3월 3일치 11시 26분치를

돌다가

딱, 내게 잡혔다!

강씨, 강시인, 강교수

나는 진주강씨 은렬공파 31대손

어사공파 학사공파를 제치고
강희안 강희맹을 제치고

유인 김해김씨를 넘기고
유인 여흥민씨를 넘기고

천하의 현대문학 추천을 피하고
일거에 시인이로다 신춘시를 허리에 끼고

출판사 문천사를 버리고
검인정교과서 편집일을 버리고
종로구 견지동 일제 삐그덕 나무계단을
버리고

중학교사 고교교사를 가다가 버리고
나랏말싸미 고전 언덕을 넘다가 버리고

국립대 시간강사를 거치다 풀고
전임강사 조교수, 부교수를 거치다 풀고
정년보장 정교수 올레길 풀섶에 젖어 있었다

젖다가 일순
영도零度는 지금의 시침이 가리키는 허공의
바람, 머리칼이다

이승훈 시인

— 진주 마지막 밤

밥은 거르고
행사장 근처에서 맥주 서너 병
호텔로 돌아와 다시 맥주 서너 병

안주가 멸치였나 김이였나
김이였을 때가 생의 한 칸 가물거리는 방,

강교수,
내가 이제 허리도 못 쓰고 가슴
아래도 망가지고 책상에 앉지 못하면 죽은 몸, 원고를
쓰지 못하면 나는 어찌하나

그의 끝없는 모더니즘이 척추 골절로
휘청거리고
원고를 쓰거나 쓰지 못하거나 시에서 시인은
없는 것 아닌가.
이미 없는 것 아닌가 강교수……

이때 누군가 맥주 두서너 병 배달로

좁은 탁자에 덧붙여 올리고
우리는 모두 김 몇 장만 입에 넣고
씹을 것도 없는데 오물거렸다

밤은 이미 밤이 아니라 새벽이다
처가에서도 본가에서도
챙기는 전화 뚝 끊기고

그의 젊은 시절 슬레이트 지붕 바람 지나가는
소리
내 귀에만 들려왔다

3부

파주 기행 1
― 문산역

문산역이 나이를 한참은 먹었는데
젊어서 돌아왔다

시골 한적하고 휴전이 전선처럼
들어와
마당에서 줄넘기를 했었다

지금은 노쇠한 고목이라도 되든가
이산의 아픔으로 도라산 쪽으로 늙은이 눈
주루루룩 물 한 줄 흘리고 있어야 했다

역사驛舍는 훤출한 키
새로운 공법의 빌딩이 되어 계단이 오르고
〈문산역〉 이름을 고딕체로 높다라니
달아매고 있다

사진 한 컷 찍는데
내가 3음절로 매달리는 것 같다

어느 쪽으로 찍어야 그때 그 시절이
될까 병영이 될까

파주 기행 2

— 출판단지

지혜의 숲에서 바람이 분다
숲에서 쏟아져 나온 책들이 왼발 오른발 달려간다

책 속에서 나온 활자들은 활자끼리
지치지 않고 달려간다
책 속에서 나온 모국어는 모국어 소리 다듬으며
달려간다

잘 보면 문화의 편대로 달려가고
역사의 편대로 달려가며 개방의 소리를 낸다

출판의 집은 출판의 집끼리
신간의 집은 신간의 집끼리 새로운 목소리 내며
제 음색 굴리며 골목을 만들고 달려간다

달려가다 힘에 부치는 것들은 지름길
다리를 건너가는데
어떤 것들은 다산교에서 다산의 등에 업혀 달려간다
어떤 것들은 소월교에서 전통의 등에 업혀 달려간다

힘이 더 부치는 것들은 안중근 의사 웅칠교를 골라
지혜와 용맹의 주머니 털며 달려간다

입안에 돋는 가시, 살살 밀어내며 녹여내며
달려간다

파주 기행 3
— 사임당의 묘

한국은행 노오란 고액권에 홀로
집 짓고 사는
사임당,

언제, 언제 이사해 왔는가,
파주시 법원읍 동문리 산 501번지

놀라워라 무덤이라니
국가지정 문화재 사적 525호
죽어서도 사적이다

그대 고액권 한 장 지니거든
문산 지나 법원 가는 길 표지판의 이름
맞추어 보게나,

사임당은 아직 저 아늑한 강릉시 오죽헌에
판각된 글씨 한 폭으로 있거나
거기 월하고주도月下孤舟圖 나지막한 달 아래
배 한 척으로 있거나

아들 율곡이 몇 번의 소년 등과 귀향하는
삼현육각에 있을 것이다

파주 기행 4
— 프로방스 마을

프로방스에는 프로방스어가 있다
파주 프로방스 마을에는 주말의 언어가 있다

동화나 그림책 같은
나들이를 부르는, 주말을 부르는
언어가 있다

프로방스가 아니면서
프로방스의 주말인 집, 가게, 카페가 있다

이 집에서 저 집으로 건너가는 사이
이 골목에서 저 골목으로 건너가는 사이
하나의 문맥 같은,
손끝 풍금 소리 흐른다

손이 주머니를 더듬게 하는, 유로화
한 장 있는지
얼마를 거슬러 받아야 하는지 셈으로 치는
언어,

작은 아주 작은 광장이 있다
벤치와 물과 꽃이 거기 오래 기다리는
주말,

지중해 빛깔 모자 하나 머리에 얹어 쓴
너의 주말이 있다

파주 기행 5
— 운정 신도시

아이들이 과자를 구워 먹는
근교의 주택단지

길 이름이 산내로,
숲이고 호수, 고라니가 나온다

저녁이면 차단한 불빛* 몇 개씩
핼러윈 데이 같다

미주에서 갓 나온
젊은 부부도 아이들도 코스튬**을
걸친다

* 김광균의 시
** 핼러윈 의상

파주 기행 6
— 반구정

방촌* 선생 지금 어디 가 계시는가
반구정 언덕배기로 올라 임진강 하류
굽어보고 계시는가

강은 흐르는 시간대 실록이라는데

강 나루터 거기 갈매기 두엇 선생의
흥얼대는 구음□音으로 날개 치는가
죽지 펴는가

영특한 세종은 고집을 꺾고 교지 한 줄
보내 주시는가
조정이 지척인데
나라의 시름에서 선생은 재상이다

문산읍 반구정로 선생의 유적지
햇살이 부시다
햇살이 청백리다

* 세종 때 최장수 재상 황희 정승

삼천포 바다 케이블카

각산에서 초양까지
케이블카를 매달았다

삼천포시 이름은 사라졌지만
매달린 이름은 가고 오고
오고 가면서
삼천포다

크리스탈 바닥 아래 푸른 바다
치고 오르는 상어, 상어떼
물거품이 경관이다

대방사 절 한 채
스님의 머리처럼 하늘에
붙잡혀 있다

누군가 관세음보살, 보살이라고
불렀다.

삼천포 일생

내 젊은 시절은 여학교 선생이었다
내 여학교를 어깨에 얹고 다니던
그 학생의 집은 삼천포였다

그의 집은 바닷가 큰 과자집
삼천포에는 과자집 하나
등불처럼 높이 매달려 있었다

세월이 많이 흐르고
등불은 켜져 꺼지지 않고
어쩌면 노산이 불 켜고 있는지 모른다

시인*의 어깨너머에 있는
바다
수평선 눈썹을 딛고
학교가 야간학습을 하고 있는지 모른다

* 박재삼 시인

입체

한때 입체영화 보다가
임산부가 쓰러진 적이 있었다

선이 지배하는 유년
직선으로 갔고
면이 지배하는 청년
옷매무새 여미며 지냈다

공중에 드론이 떠다닌다
KBS 다큐멘터리에도 드론을 띄우고
산골 초등학교 100년 행사에서
머리 좋은 사무국장이 드론을 띄운다

거울만 보는 이상도 다시
살아나 시를 쓰면 산꼭대기로 가서
내려다보는 시를 쓸 것이다

산은 애초 입체로 생겨났지만
드론이 휘젓고 다닐 때

피아골의 자궁이 중산리의 둔부가
둔부로 뽈록거릴 것이다

시대의 허리도 뽈록거릴 것이다

타르수스*의 아이들

한국인을 보곤 우르르 따라와
오빠 강남 스타일, 두 다리 벌렸다 오므렸다
두 팔을 모아 아래위로 흔들며
집단체조로 강남 스타일,

낮에는 따사로운 인간적인 여자
밤이 오면 심장이 뜨거워지는 여자
그런 반전 있는 여자……

아이들아 두 다리 벌렸다 오므렸다 강남 스타일
너네들 또래 이름처럼 '아이돌' 노래가
좋으냐
한국인이 좋으냐

형제의 나라 형제인 우리들도 미처
오빠 강남 스타일 맘 놓고 무릎 발 흔들지를
못했구나

2천 년 전 바오로 사도가 좋아 바오로 사도의

서간이 좋아 너네들 사는 동네
서간의 골목길로 도는데
두 다리 두 팔 온몸으로 흔드는 너네들
강남 스타일 쿵쿵쿵 인사하는구나!

K-Pop의 나라 싸이의 음성으로
강남 스타일 인사하는구나

* 튀르키예 남부 바오로 사도의 태생지

선진리성에서

성곽 곁으로
봄이 꽃잎 터널에 들어가 은신하다

시인도 셋씩이나 따라 들어가 은신하다
하나의 터널, 긴 터널이
세 채의 집 들이고

세 개의 시침
하나로 포개지다

은신하는 이 봄이다

올리브, 올리브 열매 1

아침 식탁에 올리브 열매 캔이 올랐다
밥맛이 동양에서 서양으로 훌쩍 뛰었다
열매 짭짤한 절임, 맛이 심각히 맴돌다
고소한 단맛에 닿았다

아데네 어디쯤일까, 한 아침의 호텔식
빵 두 개와 쨈, 달걀 하나와 사과 한쪽에
캔에서 절임 열매 몇 알 그리고 커피 몰랑몰랑 김 오르고

후식은 도마도 두어 쪽이면 좋았다

올리브, 올리브 열매 2

소크라테스 감옥이 아직 남아 있었다
허술했다
그 앞에 벤치 하나 있었다
벤치에 앉아 일행의 인내심을 바라보았다

기둥만 남은 아크로폴리스 신전으로 오르막길
보였다
길 끝까지 올리브밭이었다

올리브, 올리브 열매 3

아테네 사람들은 올리브 열매를 말하기보다
입으로 먹었다
소크라테스의 언어도 열매와 같이
입으로 먹고 문자로 적지 않았다

4부

문학 산필

재임 5년쯤 남겨둔 어느 날
신문사 문화부를 맡고 있던 제자 K박사
선생님 이제 창작의 산실이나 문학 산필
그런 제목쯤 달고
연재 한 꼭지 쓰실 때 되지 않았습니까
물어왔다, 그런 뒤

시를 쓰다가 여백이 남아서,
비평에 젖다가 문맥 저변이 남아서,
논문을 쓰다가 쓴 뒤의 뒤안길이 남아서,

그래 남은 것들이 남아서 맴도는 것들
그것이 또 다른 쓸 거리로 아우성일 때
불쑥 불쑥 머리 디밀고 몸부림 또는
그 날갯죽지 후다닥 펴고 날아오를 때

그것들이 힘일 때, 어떤 물살일 때
비 온 뒤 엄천강 봇도랑 넘쳐 본류로 본류로
편입해 들어가는 무모, 범람일 때

그렇다 범람일 때 무모일 때
무대책이 대책의 산필이라면 산필의 이름으로
그리움의 어스름이 시상의 곳간이라면 시상의
이름으로

내가 타고 흐르는 고무보트 하나쯤
아니 사시사철의 래프팅, 그 일렁임의
단련으로 흐를 수 있을까

집필,
12년이 지났다 그사이 제자 K박사
제 하는 일에 중진이 되었다 그의 래프팅
고무보트 하나
내 눈에 보였다

시 쓰기 전에
— 동기東騎 이경순

시 쓰기 전에 어려운, 난해의 시 쓰기
전에
시 하나에 무덤 하나쯤 만들어 놓기 위해

길 가면서 깃발 흔들며 깃발이 자유라는
주제 하나, 제 발에 신발 한 켤레로 신겨놓기 위해
세상 일제하, 신부출 구식 결혼하고 나서
상투 자르고 일본으로 건너간 사람

동기東騎 이경순,

상업학교 졸업장 하나 받고 대학 전문부에
기웃기웃 청강생처럼 떠돌다가
안 되것다 이런 공부 정도야 발아래 깔고

어려운 난해, 난해의 모더니즘이다
아니야 자유라니까 아나키즘 그 물결 타고
족히 20년을 길바닥 떠돌던 떠돌이 사상이어,
조선 사람 사상이어, 동지들이 다들 하루에 하나씩 무덤

만들고 흐르는 연맹,

시 쓰기 전에
어쩌면 보헤미안 어쩌면 난발 봉두난발이다

술상 놓고 아리랑 부르다가 왜놈들
국적 부재의 심각한 근대 꾸짖다가 술상
뒤집다가
초집 뒤집어쓴 두루마기 한 벌의 자유,

시 쓰기 전에 그는 이미 한 덩어리 허무, 허무의
뼈다귀 단단히 세운 길거리의 사상가

귀국선 타다
그는 대한 독립의 최초 후문학파* 시인 되다

* 선인생 후문학파의 준말. 인생 체험을 먼저하고 후에 문학의 길로 들
  어온 늦깎이 문인을 말함.

그를 인터뷰하다
— '분지糞地' 작가

그를 인터뷰하다, 살아서 아직 회화동 병원
보름 한 번 나들이와 약 받고
목숨 가느다라니 붙이고 있던 시절

협회 편집인으로 그를 인터뷰하다

시대의 출발점이자 꼭짓점인 '분지糞地'
내 강의실 속의 한 캐릭터 홍만수를 만들어낸
작가,

별말 없이 딱히 별말 없이
제 자리 돌아온 창경궁, 연못가 손잡고 걸었다
가을 햇살 따가운 어깨, 빛살 어깨로 받으며

40kg 이하 햇살의 무게로 물에 비친 물그림자
물에 떠서 간들 바람결로 걸었다
가벼이, 참 가벼이……

오늘 아침 그분, 몸으로 시대를 갈던 그분 시대를

벗어 놓고 그 곁에 약봉지 놓고, 가시다

이제부터 인터뷰는, 향미산 어디쯤
작품 속 캐릭터와 묵언으로 할 것이다 여러분!
햇살이 있으면 좋을 것이다.

바흐를 듣고 있었다

큰 산에는 그때처럼
고사목에 눈이 덮이고 슬픔이 적막이
덮이고
태고가 덮여, 대신 계곡으로 흘렀다

문자가 닿지 않았다

무슨 말인가 누군가는 해야 하는 것처럼
물이 빠롤로 얼음 밑으로
가슴 밑으로 스며 흘렀다

물소리, 그때의 물소리가 겨울 끝에서
서원 근방까지 와서
다 닳아서

수목장으로 들어온, 귀촌한 영혼에게
내의 한 벌, 햇발이
되고 있었다

나는 그때 귀가 열려 바흐를 듣고 있었다
모든 음악 끝에 음악인
귀를 치는 바흐를 듣고 있었다

아무렇게나 책

서가 밑에는 책이 만 리다
섞이고 엇갈리고
또 전후좌우 없구나

이리저리 무덤이구나

오, 더미를 더미 채로 넘어가는구나

그,
너머에 길이 있어,
숲 넘어 숲이 있어,
그대 영원, 사시사철이 있어,

이름 없는 꽃다발

10년 전 그날
이름 없는 꽃다발 하나 있었다

순간 밀물처럼 들어와 안기던
꽃다발이 꽃다발이던 축하의 편대 속에서
이름 없는 꽃으로 안기던
외로운 꽃다발 하나 있었다

잊혓지지 않는 꽃!

시간은 독하여
이꽃 저꽃 다 시들어 갔고
이름마저 다 지워져 썰물 따라 가버렸다
오늘 기적이구나

주인이 없어 외로웠던 그 꽃이
익명의 강을 건너
주인과 함께 돌아왔다

전설처럼 돌아왔다, 오늘

서재의 의자 풍경

어떤 의자이든 의자는 기다림이다
서재에 있는 의자 하나,
누구를 기다리며 비어 있는 것일까
사람일까 소리일까

서가에 꽂혀 있는 책들은 저자 생애의 기침 소리
기쁨과 노함의 중간에서 어쩔 수 없이 내는
주인공들의 삭은 탄성들,
어떻게 사는가의 긴 고뇌와 고독의 아침저녁의
빛깔들이 노을로 이글대는 소리,
그런 몸부림이 찍어내는 생생 생중계의 보도 멘트들

그리움과 연민들이 새벽에 이르러
술독 뽀글거리는 양조의 시간들

야하고 거룩하고 오히려 단조로운 생애의
줄 넘기 같은 뜀뛰기 같은 손바닥 크기의 에세이들

아무도 하나로 요약할 수 없는 흥얼거림 같은

괴기한 4악장에서 불어오는 바람 소리
내리는, 내리 앉는 소리 삐그덕거리는 소리
듣는다

내 서재의 의자는 지금,
파리장서 같은 만리봉정의 평전,
그 속에 흐르는 한시 한 줄이 평측법平仄法으로
옮겨 앉는 소리
또는 두루마기 소매로 오시는 그분의 착지 같은
땅 한 평!
그 그늘이다

이 빈 들에 그대 서다
— 순교자 김대건

그대 빈 들에 라틴어체로 서다
순교의 맥박으로 순교를 쓰다

빈 들에 서다가 쓰러지는 사람들
그대 빈 들에서 쓰고

빈 나라에 서다가 쓰러지는 사람들
빈 나라로 쓰다

그대 필체는 조선 갓끈이 내는 바람
라틴어체
황량하다 빈 들 쓰다듬다가 부드러이
매만지다가
제 자리 잡는 한 획,

한 허리다

디제이 백형두 지다

추억의 집에는
신춘문예 방 한 칸이 왼켠에 있고

대학방송 아나운서가
다른 방 한쪽에 있다

그때의 후배 하나
그 집의 물레를 돌리는
별밤의 디제이 백형두,

우리나라 음악 디제이 2세대
여러분 안녕하십니까 백형두입니다

그가 여러 가지, 가지 다했는데
죽는 것도 먼저, 여러분
안녕하십니까 디제이 백형두입니다

일산 동국대병원
생방송이다

유미리* 소설, 최근

시 쓰듯이 소설을 쓴다
시간을 위해 시간을 버리고

소리로 죽음의 냄새를 낸다

내리는 비, 떨어지는 은행잎이
그의 칼이다 자해의 손, 손바닥이다

사랑이다

* 아버지가 산청 출신인 제2세 재미교포 작가.

재의 수요일

오늘 사제는 신자들 이마에
종려잎 태운 재로 십자가를 그려 주신다

젊은 사제는 그려진 그대로 지우지 말기를 권한다
십자가에 몸이 걸리기 전에
몸이 십자가가 되기를 바라는 것일까

나의 몸에는 죄들이 사시사철 소리 내지 않고
스미거나 게릴라처럼
형체 없는 영혼의 서랍을 열고 들어와 거기
숨어 지내고 있다

형제여
이마의 십자가는 죄를 거꾸로 매다는
회개의 장틀이 될 수 있을까
분심을 뚫고 쏘아 올리는 기도의 화살이
될 수 있을까

오늘 사제는, 신자들 이마에
십자가를 그려 주신다 몸이 교회다

예수 피정

어느 날
참으로 어느 날 느닷없이
병은 그렇게 오는가 보다

병은 느닷없을 뿐만 아니라
그 병에는 계급처럼 1기 2기 3기 등등 어떤 그룹에도
들어가고 싶지 않은 차등이 있다

그것도 우리 사이 하늘이 정해준 것이니
사람이 어찌할 수 없다는 그 인연 같은
것일까

하늘이 쿵, 노오렇다가 쿵, 무너지다가
그 일류병원
일류 선생 손에, 그 손이 움직이는 로봇 손에
갈비뼈 같은 식구 홀로 들여보내고

아무렇지도 않은 듯 같은 병으로 각처에서 모여든 가
족들

틈바구니에 끼여
대기실에서 졸며, 서성이며, 기다린다

그들처럼 그들이 되어,

와중에 저쪽 별관 복도를 돌아 내게로
반가운
한 분이 오고 계시는 게 보인다

머릿속 보자기에 싸여 계시던 분
보자기를 풀고 오시는 예수님!

아내의 시간

벼랑 하나가 우리집으로 굴러왔다
안개를 쓰고
허리를 두르고
그 위에 아내를 세웠다

지금까지 별빛으로 빛났던
나와 아들과 딸과 손녀들, 평화와 주일과

성당의 로사리오 마리아 주보와 거실의
십자가들이 흔들렸다

벼랑을 가로지르는 바람,
갑자기 굴러온 수직의 가파른 숨소리
아내는 우리 모두의 시간을 껴안고 홀로
시간의 주인이 되었다

벼랑은 천 길이라 하지만
만 길이거나 둥둥 띄우는 표류의 시간들
병실이 집이고 복도가 기도의 구절로 내왕하는

아 아내의 시간
오늘 시간은 환한 입술로 안개를 치고
수직의 공간을 뼘으로 재며
일상, 무량의 눈시울로 돌아오는 것일까

철제 피에타

피에타,
죽음 너머 숨소리까지 말하고 있다
숨소리 너머 영원까지 넘겨다보고 있다

무서라, 칼끝에 살 내어준 서소문 밖 125위
그 치명한 영혼의 안식
무릎에서 다 어루만져지는 것일까

여기 손끝에 이르러 철판 하나하나
뼈마디 조립되는
몸 복원의 애틋한 아침이여

아들은 다리 구부러지고 창에 찔린 자리
옆구리
핏방울 방울 스며 나는 애잔의 기록이다
모자의 얼굴과 얼굴에

불빛 영상이 들어왔다가 나가고
나갔다가 들어오는 잠시 서소문의 한낮은

기도 소리 걸어 다닌다

벤치에 앉아 있던 레퀴엠도 들려온다

유이태

시대는 시대의 온도가 있다.
그는 그 온도를 거부했다.

그는 선비의 옷을 입지 않았다
그 옷을 벗고 시대의 온도보다 더 따뜻한
길을 걸어갔다.

그런 길이 있는지도 모를 때
그는 그런 길을 스스로 내면서 걸어갔다.

그 길의 온도는 자기 몸에 맞추는 것이 아니라
이웃, 세상 사람의 온도에 맞추는 옷
오슬오슬 한기에 젖는 사람,
사대육신에 그림자가 스며드는 사람,
죽음의 뼈마디가 으스러지는 사람,
마침내 영혼마저 일그러지는 사람,

그런 추위에 떠는 사람의 온도를 진맥하는 옷
그 옷을 거는 옷걸이를

세상에 내다 걸었다

산음땅 명의 유이태의 길에 옷걸이가 걸렸다

직장

내 직장은 아내다
아내가 한 생애 풍상으로 가지가 휘이고
잎도 그늘을 내지 못하는 '잎새'다 야윈 바람아
은은 쓰다듬기를,

나의 직장은 대학이다
학과이다
잎새와 바람 연구하다가 임명이 어느 순간 이루어졌다

대학은 어지간히 승진이 느리지만
새로운 대학은 승진이 느릴수록 좋은 곳
시처럼 환상이여
아직 전강인데 정년보장의 대우 교수이다 인기다

오늘 출근부는 투약 노트에 아침 식후를
체크하면서 시작된다 결재는 내가 하는데
이미 나는 대학의 보직 거쳤으므로 행정의 가로세로
좀 아는 사람 다행이다

강의를 짜야 대학이 된다 첫 강의는
은사 국보처럼 〈사소단장〉이다 노래가
낮기는 그중 나아도
구름까지 갔다간 되돌아오고. 네 발굽으로 쳐
달려간 말은 바닷가에 가 멎어버렸다

꽃아 아침마다 개벽하는 꽃아
네가 좋기는 제일 좋아도 물낯바닥에 얼굴이나
비치이는 아이와 같이*,

아이와 같이… 서 있을 뿐이다
잎새 다음에는 꽃이다 내 직장의 주제여

바람아 봄바람 은은, 은은히 불어라

* 은사 양주동이 좋아한 미당의 시

당번

나의 우리집 배역은 오전 당번,
요양보호사 김선생은 오후 당번이다

그 밖에 시간은 불문율로
저녁부터 새벽까지,
기상하여 조식까지, 나 홀로 전담이다

나는 아내를 사랑하여 속삭이고 속삭이고
청춘같이 속삭이므로
시간제 근무 같은 복무규정을 따지지 않는다

나는 이제야말로 지상의 한 지아비가
되는지 모른다
지상의 한 지어미, 그녀의 한 지아비가 되는지 모른다

서정과 포괄의 시학

강 희 근

1.

나는 1965년 서울신문으로 등단했으므로 올해 58년 차 시인이다. 어지간히도 시를 쓰고 살은 셈이다. 초기 에는 대학 교복 안에서 대학의 분위기에 따라 서정 본류 에 싸여 질문 없이 순서정에서 안락의 시간을 가졌는데, 문단으로 진입하면서 대학 밖에서 이루어지는 반서정의 세계를 만나게 되고 그쪽 실험에 매력을 느끼기 시작했 다. 서정 본류의 시는 「산에 가서」(서울신문 당선작)로 대표되고 반서정의 실험시로는 「연기 및 일기」(공보부 신인예술상)가 앞자리에 놓인다.

그러나 나는 이 두 세계의 극점을 오가는 가운데 혼란 스러워질 수밖에 없었다. 부득불 정반합이라는 변증법 적 통합의 자리에 서게 되었다. 서정과 반서정, 본류와 실험이 하나의 지향 위에 놓이자면 양자가 동시에 스스 로가 지닌 모서리를 지우는 길밖에 없었다. 그렇게 해서

얻은 시적 실체는 사물, 또는 풍경류의 단시형이자 느슨한 이미지즘이 해답이었다. 물론 나로서는 서정 쪽의 미당, 단단한 언어 쪽의 춘수라는 양립의 구도를 상정해 놓고 그사이의 어느 지점을 바라보고 있었다. 그 무렵 드러난 시세계가 시집 '풍경보風景譜' 한 권이었다. 이 시집의 해설을 쓴 김주연은 절묘하게도 그 중간 지점을 짚어주고 있었다. 시 「촉석루」라든가 「논개사당의 단청」 등이 그런 지점에 놓인다는 것이었다.

2.

나의 시는 그 이후로 '풍경보'의 흐름 속에서 노자의 물처럼 부침의 구비를 만나지만 이 시집 『파주 기행』에 이르도록 그 흐름의 대강은 지켜져 온 것이 아닐까 한다. 내가 대학교수가 되면서 거시적 시야로 '역사나 사랑'이라는 주제를 끌어오기도 하고 세계 기행의 은전이 닿기도 하여 토포필리아적 관점으로 영역을 넓혀나갈 수 있었던 것은 시를 떠나서 한 인간으로서도 행운이 아니었나 싶다.

풍경시류의 풍경은 사물이고 그것대로 중간 지점의 언어적 절제에 값하는 것인데 '장소애'가 그 현장이다. '진주'도 '파주기행'도 장소성이고 '일본'도 '튀르키에'(터키)도 장소성이고 장소를 전제로 하는 인물들도 그 연장선에 있다. 이런 소재나 배경은 다 같이 리얼리즘을 동반하는 것이고 지적 이미지즘에 연결되기도 할 것이다.

이상이나 백석, 정지용이나 김춘수, 이형기나 이승훈 등 시인들이 일정 부분 반낭만주의의 그림자를 드리운다는 점을 눈치챌 수 있으리라. 그렇고 보니 어느 좌담회에서 나의 시를 포괄의 시학이라 한 사람이 있었는데 그 말이 그럴싸하다는 생각이 들기도 한다.

3.

이제부터 시집『파주 기행』에 대해 이것저것 붙들고 들여다보기로 한다. 먼저 내가 거주하는 '진주', 진주에 대한 장소애를 가늠해 보자.

천년이 몸으로 있는 도시
쉽게 건드리거나 땅을 파지 말아다오

있었던 외성이 흙에 묻혀 있는 것
어렴풋이 알면서 흙을 뜨지 말아다오

땅을 파고 흙을 뜨는 것
역사가 덩어리째 들어 올려지는 일이다
시민아, 양해해다오 내 몸은

그 자체가 금이다 시간이다

- 「진주 1 – 대첩광장」 전문

　인용시는 역사 도시 진주를 소재로 쓰여졌다. 풍경이거나 묘사가 아니라 도시 자체의 몸이 역사임을 말해 준다. 대첩 광장을 조성하다가 신라와 고려시대의 성곽이 드러나 하던 개발을 중단한 일이 벌어졌다. 어찌 진주만 그러하랴, 경주도, 수원도, 전주도 처지가 비슷할 것이다. 고도가 가지는 기층 퇴적의 경각심을 가질 필요성을 강조하는 시다. 인용시의 풍경은 이미 '풍경보' 시절의 풍경이 아니다. 사물이 지니는 일차적 데생을 지나 역사나 생활에 개방된 풍경이요 의미이다.

　「진주 2」는 부제가 '유등'이다. 유등이 등으로 떠 있는 풍경이 아니다. 진주가 가지는 부가 가치인 천릿길, 논개, 의암, 씨름판, 축제 유등으로 이어지는 점층의 가치를 통한 유등의 위치를 환기하고 있다. 「진주 3」은 부제가 '남강'이다. 남강이 시를 쓰고 서사를 쓰고 전설을 쓴다는, 자연이 콘텐츠를 이루며 스토리를 엮어가고 있다는 것이다. 「진주 4」 역시 시대에 따라 진주의 얼굴이 따로 있다는 정신의 외연을 서술해 주는데, 전체가 진주의 시대적 강음부를 파노라마로 읽어나갈 수 있게 한다. 나는 진주를 쓰면서 나도 몰래 이미 사물에 머무는 풍경을 벗어나 정신적 풍경을 담고 있음에 놀란다. 감각으로 풍경을 알다가 어느새 관념으로 풍경을 보고 있다. 역전이다. 역전일 때 전율이다.

「파주 기행」 6편 연작은 작품으로서는 농익어 있다. 초기 풍경보의 언어, 그런 감각적 순수는 바래져 있지만, 이제는 관념의 틀을 세우고 거기다 회화적 그림을 덧붙여 낸다. 이른바 실력 발휘다. 「파주 기행 1 – 문산역」을 보자.

문산역이 나이를 한참은 먹었는데
젊어서 돌아왔다

시골 한적하고 휴전이 전선처럼
들어와
마당에서 줄넘기를 했었다

지금은 노쇠한 고목이라도 되든가
이산의 아픔으로 도라산 쪽으로 늙은이 눈
주루루룩 물 한 줄 흘리고 있어야 했다

역사는 훤출한 키
새로운 공법의 빌딩이 되어 계단이 오르고
〈문산역〉 이름을 고딕체로 높다라니
달아매고 있다

사진 한 컷 찍어야 그때 그 시절이
될까 병영이 될까

나는 교수 시절 학생들 병영훈련 인솔자로 진주역에서 문산역까지 한 해 한 번, 3년간 다닌 일이 있다. 나는 현역병이 되어 문산에 온 것이 아니라 교양학점 따는 인문대생 인솔자로 먼 먼 천릿길 특별열차에서 내리면 1사단 군악대가 마중 나와 우리를 환영했다. 그때의 문산역은 보통의 간이역 수준에 파리 날리고 헌병 한 사람 왔다 갔다 하는 곳이었다. 입영할 때 7명 인솔 지도교수들에 섞여 와서 군에 인계하고 10일 후 다시 와서 인계를 받아 긴 열차를 타고 진주로 돌아왔었다. 그때도 군악대가 산뜻한 차림으로 나와 병영의 의식으로 연주를 해서 학생들 사기를 돋워주었다. 그때 나는 3년 군대를 다닌 것처럼 어깨가 즐거웠다. 그런 문산역이라 딸네집에 온 김에 먼저 문산역부터 들러보자고 한 것이었다. 그러나 그 역사驛舍는 사라지고 빌딩 현대식 건물에 흡수되어 있었다. 그런 달라진 풍경이 이 시다.

　파주 연작에서 문산역 외에 출판단지, 사임당의 묘, 프로방스 마을, 운정 신도시, 반구정 등을 차례로 둘러보았다. 지나간 역사 쪽의 시편은 「사임당의 묘」「반구정」이고 그 외는 신도시로서의 활력을 보여주는 장소 시편이다. 도시가 임진강이 흐르고 휴전선이 코앞이지만 여행지다운 감격을 지니고 있어 가는 데마다 작품이 되었다. 작품, 나로서는 풍경이요 단시형 이미지즘만 고집하지 않고 적의한 리얼리즘의 너스레를 섞어 넣었다. 그래 포괄적 장소애가 된 것일까?

4.

　내 시집 속에는 수많은 인물들이 활동하고 있다. 그들은 물론 그 장소에 그 인물로 드나드는 배역이다. 비문인으로는 김대건, 유이태, 김장하, 아내 등이고 시인으로는 이매창, 정지용, 이상, 백석, 서정주, 이경순, 설창수, 윤동주, 김춘수, 이형기, 이승훈, 김희준 등이고 소설가로는 피에르 로티, 남정현, 박경리, 유미리 등이다. 평론가로는 김열규, 김주연, 정과리 등이 얼굴을 내민다. 내 시 속에서 육신을 숨기고 나타나기도 하지만 대부분 실명으로 등장하거나 역할을 보여준다.

　이들은 장소애가 그렇듯 내게는 친애하는 면면들이다. 이들이 만들어내는 세계는 시론적 시나 아는 것만큼 드러낸다는 '학시일체學詩一體'의 세계에 잇닿아 있다.

　먼저 프랑스 작가 피에르 로티(1850~1924)와 관련되는 시 「주말 2」를 보자.

　　주말이 있다면
　　또 이스탄불로 가고 싶다
　　그간에 생겨난 그곳 한국어과 학생들 더불어
　　유람선들이 정박해 있는 바다로 나가 보스포루스 해협
　　둘러오는 승선표 한 장씩 사주고 싶다

　　배 안에서 대륙이 갈리고
　　해류가 갈리는 지점에서 고가 공무도하가를

읊어주고 서로 어긋나는 정한을 말해 주고
고려의 가시리 여덟 줄에 음표를 붙여주고 싶다

주말이 있다면
또 이스탄불의 묘역 피에르 로티 언덕에 가서
학생들이 원하는 카페에 들어가 한국문학사 전설
민담의 갈래를 풀어주고 그 어디쯤 아지야데 이야기
얽히는지 토론해 보고 싶다

－「주말 2」에서

　인용시는 지난 시집 『리디아에게로 가는 길』에 실린
「주말」의 첫 줄부터 떠올려야 한다.
　"주말이면 이스탄불의 어둠 적막한/ 삐에르 로티 언덕
에나 갔으면 싶다"에서 피에르 로티는 그곳 관광해설사
에 의하면, 프랑스 병사로서 궁중의 궁녀를 사랑했는데
마침 그는 귀국하면서 1년 후에 돌아오겠다 해놓고 돌아
오지 않자, 궁녀는 자결로 사랑을 표시했다는 것이다.
뒤늦게 로티가 돌아와 보니 궁녀는 사라졌고 그는 궁녀
와 데이트하던 해협이 내려다보이는 그 장소에 찻집을
내었고 찻집 이름을 궁녀의 이름을 따서 아지야데라 지
었다는 애화인데 이 시를 읽은 정과리 비평가는 「주말」
해설을 썼다. "피에르 로티는 프랑스 해군 장교였던 루
이 마리 쥘리엥 비오의 필명이다. 그는 피에르 로티라는
필명으로 자전 소설을 썼는데 그 첫 소설이 터키 궁전의
여인과 자신의 사랑을 다룬 「아지야데」이다. 아티재라는

114

여인과의 진짜 사랑에 바탕을 둔 그 허구에서 두 남녀는 이별과 재회의 곡절을 겪고, 남자가 죽은 연인을 위해 터키를 위해 싸우다 죽음을 맞이한다는 종결로 마감한다. 하지만 비오 자신은 중국을 거쳐 일본으로 가서 결혼하였다 한다……."

이를 통해서 보면 터키 이스탄불에서는 프랑스 작가의 궁정 여인과의 실제 사랑을 바탕으로 전설로 재구성해 해설의 줄거리를 만들어낸 것이라는 점이 주목된다. 나는 이 만들어낸 전설을 그대로 알고 피에로 로티의 낭만을 「주말」 시에 옮겼는데 이번 시집에서 「주말 2」를 다시 썼다. 그것이 4연으로 구성된 이 작품이다. 이스탄불에 새로 생긴 한국어학과 학생들과 주말을 보내며 한국 문학사 속에서의 전설 설화 공부를 피에르 로티의 이야기를 가지고 토론하는, 그런 희망 사항을 피력한 것이었다.

이 정도면 나의 「주말 2」가 '학시일체' 또는 '시학일체'에 든 것이 아닐까? 내 시를 본 김열규 교수가 오래전에 '강희근의 시는 학시일체다"고 말한 바 있었다.

다음은 김춘수 시인의 시론을 시로 쓴 나의 작품을 소개한다.

춘수는 3.15 마산에서
'베꼬니아의 꽃잎처럼이나'를 쓰고
경북대학으로 갔다

그로부터 꽃을 슬슬 버리고 리듬 또는 이미지
이미지 또는 리듬을 화투장 들 듯이 꼬나 들고
의미의 노예가 되지 않기로 했다

그는 시의 몸무게를 다이어트로 줄이고
의미와 무의미 시론을 썼다

강단을 나오고
그가 기른 수염보다 부질없는 의원*
그가 이룬 기법 어디에도 얹히지 않는 의원의
밤, 지나가고

이어,

유년의 바다 넘치 지지미로 그리워지는 날
이때부터 있어야 할 아내는 가고
그에게 시 '달개비꽃'
꽃말이 돌아왔다

-「김춘수의 시 또는 인상」 전문

* 정치하는 사람

　김춘수는 마산대학에 발 붙이기 시작할 때 마산에서
1960년 3.15의거가 난 현장을 본 뒤 「베꼬니아의 꽃잎처
럼이나」를 써서 학생의거와 피의 행진을 시로써 증언했
다. 그리고 그는 '꽃'을 중심으로 하는 존재론적 시를 쓰

다가 경북대학교 교수로 직을 옮겼다. 이어 이미지와 리듬을 뼈대로 하는 형태주의에 귀를 기울였다. 그리고는 곧장 '의미와 무의미' 시론을 출간하는 등 무의미시 또는 허무주의와 같은 가벼운 리듬을 타기 비롯했다. 그러다가 점점 눈에 띄지 않게 의미로의 회귀를 꾀하고 다양한 소재를 개발하는데 도스토옙스키 등에 업히는 등의 타자에 기대는 세계로 진입한다. 그런 과정을 거치면서 '달개비꽃' 노랫말에 은신하면서 선언 없는 귀촌을 수행한 것이다. 이 과정을 줄거리로 삼아 시론적 시로 시도한 것이 '김춘수의 시 또는 인상'이다. 말하자면 시를 학문하듯이 써나간 것이므로 '시학일체'가 되는 것일 터이다.

5.

　나의 시는 서정과 반서정의 중간 또는 통합의 어떤 지점을 지향해 왔다. 그 지문이 어떻게 묻어나는지 살펴보자.

　　　그것은 여자가 아니라 술잔이 아니라
　　　빠안한 불빛
　　　통로로다

　　　최종으로 보이는 보턴이 아닌가
　　　열려라 문,

열려라 숨,

우주 로켓의 맨 나중에 누르는
손끝의 과학
하나, 둘, 셋, 넷 다섯, 여섯……
  ―「이상이 마지막 술자리에서 본 여자의 단추 1」 전문

  이상이 일본으로 가기 전에 마지막 시인들과의 술자리
가 있었는데 그때의 장면이다. 여자의 옷에 있는 단추를
보고 쿡 쿡 누르는 시늉을 하던 이 상의 태도를 두고 쓴
시다. 단추가 '빠안한 불빛/ 통로'라는 것이다. '열려라
문, 열려라 숨'은 육신이 말을 듣지 않는 상황에서 벗어
나려는 몸부림이라는 것, 아니면 나라가 열리길 바라는
행위라는 것을 짧게 끊어서 표현하고 있다. 함축, 절제
의 골자만 찍어누르듯 한 표현이다. 느슨한 풀어짐이 아
닌, 직절적 직관이다. 지적知的 숨 가쁨이다.
  다음 시는 직관에 의한, 간명한 서술성의 시다. 풍경
단시의 지문이 묻어 있어 보인다.

아테네 사람들은 올리브 열매를 말하기보다
입으로 먹었다
소크라테스의 언어도 열매와 같이
입으로 먹고 문자로 적지 않았다
                    ―「올리브, 올리브 열매 3」 전문

이 시는 소크라테스의 철학이 아직 구술에 의존하는 것을 올리브 열매 먹는 것으로 표현하고 있다. 서술로 말하고 있지만 '입으로 먹기'의 반복이 그 상황을 드러내고 있다. 시적 서술, 시적 리듬이 나름대로 호응하고 있다. 재미있기까지 느끼게 되는 독자가 있다면 행운일 것이다

그러다가, 그러다가 시가 극도로 긴장하고 무덤이 되는, 아니 시인의 삶과 실천이 역사가 되는 좀 시원하고 유장하며 애잔이고 상 뒤집어엎는 것의 아찔함 같은 목소리. 그런 남성적 이단아 또는 흐름!

시 쓰기 전에 어려운 난해시 쓰기
전에
시 하나에 무덤 하나쯤 만들어놓기 위해

길 가면서 깃발 흔들며 깃발이 자유라는
주제 하나, 제 발에 신발 한 켤레로 신겨 놓기 위해
세상 일제하, 신부출 구식 결혼하고 나서
상투 자르고 일본으로 건너간 사람

동기東騎 이경순.

상업학교 졸업장 하나 받고 대학 전문부에
기웃 기웃 청강생처럼 떠돌다가

안 되겄다 이런 공부 정도야 발아래 깔고

어려운 난해, 난해의 모더니즘이다
아니야 자유라니까 아나키즘 그 물결 타고
족히 20년을 길바닥 떠돌던 떠돌이 사상이여
조선 사람 사상이여 동지들 하루에 하나씩 무덤
만들고 흐르는 연맹,

시 쓰기 전에
어쩌면 보헤미안 어쩌면 난발 봉두난발이다
— 「시 쓰기 전에」 부분

이런 자유, 산필, 실천 누리기 이행이다. 김수영이 따라오지 못하게 떼어놓고 달리는 시, 언어에다 운동화 한 켤레 신겨 놓고 무슨 리듬에 의미에 밀리지 말고 쓱 쓱 항칠이나 하는 입체 또는 추상, 그 자체가 리얼리즘인 시! 여기에 이쁘고 단아한 언어는 풍경은 가라!

진주 사람 아나키스트 돈키호테 이경순을 글자로 따라가는 시원한 실천의 문장! 나름은 해탈인 시! 나는 이때 말할 수 없는 전율을 느끼는데 풍경은 무엇이고 직관은 무엇인가에 빠지는 것이다. 김수영, 신동엽이 한참은 아래로 보이는 시가 있을까? 독자들의 몫이다.

6.

지진이 나는데, 나려는데 지구 이것 어찌해야 하나?
시는 무슨 비장의 언어로 맞추는가, 갑자기 현안이다!
풍경이 흔들리고 찢기는데,

튀르기에 지진의 잔해들 아직 구겨진 채로
가슴에 쌓이고 있는
지금,

우리 아파트 오전 11시 26분
대한민국 진주시 상봉한주A 2동의
현관 바깥쪽에서
쿵 찌르르르 대포 치는 소리
전쟁지대 화계리 여덟 살 짜리 기억의 어깨를 치는 소리

매우 기분 나쁜 애매한 현장,
창 열고 내다보니 일상이다!

틀어놓은 TV 자막이 거실 길이로 흐르고 있다
경남 진주시 서북서쪽 16km 3.0 지진

계속 계속 흐르고 있다 그때 지구가
묵언수행
위도를 돌고 있다! 3월 3일치 11시 26분치를

돌다가

딱, 내게 잡혔다!

－「지구, 내게 잡혔다!」전문

시 한 편에 느낌표 3개를 쳤다. 비상 상황이다. 지구는 천연덕 모르는 체하고 돌고 있고 TV에서만 상황이다. 그러나 지구는 이로써 그 헐거운 뒷덜미를 내게 잡혀버렸다! 이 기록으로 나는 지학地學의 역사에 참여한 것이다. 우리집 현관 바깥에 달려 있는 검침기 껍데기에 20센치 금이 가 있을 뿐 그 사실은 동사무소도 모르고 시의원도 모르고 신문사에서도 모른다. 나를 아는 천하의 사랑하는 시인들도 시를 읽기 전에는 모를 것이다. 이것이 시의 전율이다.

놀라운 일, 의외의 일이 지진뿐일까?

가다가 어디로 빠진다는 말이 있듯이 시인은 그런 빠지는 일을 거의 전문으로 해내는 사람이다. 자주 놀라운 일을 선택하고 배제하는 족속이 시인이다. 푸코나 바르트 같은 이들의 사색을 떠올릴 수 있다. 「이형기 시인 1」을 보자.

우산이 없는 그는
비를 맞고 비 오는 네거리
가요 한 소절 부르고 있었다

나는 그때
비 오는 네거리를 지나
삼천포로 가서
바닷가 팔포로 가서

여름 내내
비가 오지 않는 랑겔한스섬 가는 배를
탔다

그는 가섭처럼 씨익 웃었다
－「이형기 시인 1」

　이 시는 상상을 빼고는 설명이 안 되는 시다. 이형기 시인이 진주에 와서 술 한 잔 거나하게 되었을 때 부러진 유행가 한 소절을 불렀다. "비 오는 네거리에/ 비 오는 네거리에/ 우산을 마주 잡고"하다가 갑자기 곡조를 해지고 대사에 들어간다. "지금 누군가 나에게 이 세계에서 가장 시 잘 쓰는 사람 한 사람 들라 하면 나는 어쩔 수 없이 이형기야" 이어 백음악처럼 "비 오는 네거리에……" 무한 리필 더듬어 간다. 여기까지 팩트다. 이 대목까지 기억하고 있을 때 이형기 기념사업회 박우담 시인이 청천문학에 실을 시 두 편 주셔야 하는데…… 됐다, 2연 3연 4연의 상상이 이어졌던 것이다. 이 시는 사실과 상상의 결합으로 이루어진 점잖은 슈르풍이다. 김

춘수의 리듬 같은 시, 타자의 언어 같은 텍스트가 탄생
된 것이다.

7.

나는 시에서 드문 일이지만 참회록을 쓴다. 최근 2023
년 1월 이래 대한민국 유튜브를 달군 〈어른 김장하〉 다
큐멘터리가 시 속으로 들어왔다.

> 하도나 볼 것이 없는 유튜브를
> 보다가
> 〈어른 김장하〉에 눈과 귀 동시에 가 꽂혔다
> 이 나라에 가을이 오나부다 하려다가
> 이 나라에 봄이 오려나부다 하고 마음
> 고쳐먹었다
>
> 오늘은 천년 흐르는 강으로 나가
> 흰 바위 아래
> 이름과 욕망과 허세의 풀잎을 던져 넣고 오리라
> 세월과 나태와 포말의 풀잎을 띄워 놓고 오리라
> ─「진주 김장하」 전문

늘 한국의 유튜브는 끓을 것이 없는데 홀로 들끓고 있
다. 이를 일거에 하나의 장면으로 통일을 한 다큐가 〈어

른 김장하〉이다. 감동이 사라진 세상에 감동이 되고, 진
실이 사라진 세상에 진실을 보여주는 사람, 이름하여 어
른이다. 조금도 어색하지 않은 어른 김장하이다. 김장하
선생은 내가 볼 때 '의 · 문 · 장義 · 文 · 獎의 아이콘'이다.
의로운 일, 문화사업, 장학사업 지원에 평생을 일관해서
그 중심에 서신 분이다. 선생을 30년 취재하여 끈기를
보여준 기자, 김기자의 노력도 감동의 한 형식이었다.
나는 '진주 김장하'를 알고 있었고 일정 부분 교감하고
있었다. 진주신문 가을문예와 진주문화연구소에 발을
들여놓고 있었기 때문이다. 나는 시에서 제목을 따로 '진
주 김장하'라 붙여 나와의 교감 부분을 통해 시적 참회록
을 쓸 수 있었다. 윤동주가 유학을 위해 참회록을 쓴 것
과는 다른, 일상에서의 고백록인 것인데 이는 가톨릭의
사순절 시기에 가지는 성사에의 참여이다.

오늘 사제는 신자들 이마에
종려잎 태운 재로 십자가를 그려 주신다

젊은 사제는 그려진 그대로 지우지 말기를 권한다
십자가에 몸이 걸리기 전에
몸이 십자가가 되기를 바라는 것일까

나의 몸에는 죄들이 사시사철 소리 내지 않고
스미거나 게릴라처럼
형체 없는 영혼의 서랍을 열고 들어와 거기

숨어 지내고 있다

형제여
이마의 십자가는 죄를 거꾸로 매다는
회개의 장틀이 될 수 있을까
분심을 뚫고 쏘아 올리는 기도의 화살이
될 수 있을까

오늘 사제는, 신자들 이마에
십자가를 그려 주신다 몸이 교회다
—「재의 수요일」전문

이 시는 '재의 수요일' 같은 교회용어가 그대로 노출되고 있지만, 이 시는 노출을 피하지 않는 대신 적절한 이미지를 활용함으로써 신앙적 관념을 제거하고자 했다. "십자가에 몸이 걸리기 전에"라든가 "죄들이 사시사철 소리 내지 않고/ 스미거나"라든가 "형체 없는 영혼의 서랍을 열고 들어와" "회개의 장틀" "기도의 화살" 등이 그 이미지들이다. 사실은 교회용어인 '재의 수요일' 자체도 은유적이다. 가톨릭은 신앙이지만 거기에는 2천 년의 생활적 비유들이 죽순처럼 솟아나 있다. 활용하는 것이 신앙이자 아울러 시적 이행의 방편이 되는 것이다.

나는 치료 중의 아내를 위해 일상의 일부를 닫아걸고 집에서 지내고 있는 것이 현재의 생활이다.

내 직장은 아내다
아내가 한 생애 풍상으로 가지가 휘이고
잎도 그늘을 내지 못하는 '잎새'다 야윈 바람아
은은 쓰다듬기를,

나의 직장은 대학이다
학과이다
잎새와 바람 연구하다가 임명이 어느 순간 이루어졌다

대학은 어지간히 승진이 느리지만
새로운 대학은 승진이 느릴수록 좋은 곳
시처럼 환상이여
아직 전강인데 정년보장의 대우 교수이다 인기다

— 「직장」 부분

　인용시는 아내를 보호자로 사는 지아비의 이야기이다.
직장이 아내이고, 따라서 나의 평생직장인 대학이 아내
이고 그 학과가 아내이다. 교회에서는 아내를 네 몸과
같이 사랑하라고 가르친다. 그러니 내 삶의 대명사인 대
학이 곧 아내가 된다는 말이다. 새 대학은 승진이 느릴
수록 좋은, 승진에 목을 매달지 않아도 되는, 환상의 정
년보장 대우에 임하는 곳이다. 나는 크리스천으로 예수
그리스도가 활동한 갈릴레아 지방의 한 대학에 봉직하
고 있는 셈이다. 천직이다. 아무도 넘볼 수 없는 철통 밥
통이다. 문제는 족벌이 약점이지만 강의시간이 기도에

서 시작하고 기도로써 끝낸다는 점에서 구세사적이다.

8.

나는 시집이나 다양한 장르의 작품집 끝에 의당 붙여지는 해설을 잘 읽지 않는다. 그런 글들은 장황하지만 '창작적 진실'을 놓치고 있기 때문이다. 이번에 모처럼 「시인의 산문」이라는 제목으로 해설을 대신하기로 했다. 나의 경우 대국적으로 시론을 세우고 시를 쓰지만 시는 그 전제와 다른 현장을 드러내 주는 것이 사실이기 때문이다. 그렇다. 시는 현장이다. 거기 바람이 지나가고 물결이 치고 눈비가 내린다. 시는 쓸 때의 서정이고 쓸 때의 형식이므로 가로지르는 경우의 수를 다 거머쥐고 갈수가 없다. 이론에는 이론가의 오기가 있는데 시인에게는 그만이 이행하는 현장적 몸부림이 있다. 오기와 몸부림의 거리를 인정하자는 것이 나의 생각이다.

나는 서정과 반서정의 통합을 기치로 '풍경보'라는 지점을 정하고 부단히 시를 써왔지만, 그 사이 풍경과 사물이 정물처럼 놓여 있기만 한 것이 아니라, 때로는 역사, 때로는 사랑의 현장이 되기도 하면서 굴절과 경계의 선을 넘나들었다. 그리하여 나는 이 글의 제목을 「서정과 포괄의 시학」으로 잡고 운신의 폭을 넓혀 놓은 것이다. 이해가 되는 분들은 지긋이 웃어주시면 좋겠다.